박정순 감성시집

고백 연습

고백 연습

펴낸날　　초판 1쇄 2025년 2월 15일

지은이　　박정순
펴낸이　　서용순
펴낸곳　　이지출판

출판등록　1997년 9월 10일
등록번호　제300-2005-156호
주소　　　03131 서울시 종로구 율곡로6길 36 월드오피스텔 903호
대표전화　02-743-7661　　**팩스** 02-743-7621
이메일　　easy7661@naver.com
창작지도　윤보영감성시학교
디자인　　주서윤
인쇄　　　ICAN

값 13,000원

ISBN 979-11-5555-245-2 03810

※ 잘못 만들어진 책은 교환해 드립니다.

고백
연습

박 정 순
감성시집

이지출판

박정순 시인은 시를 참 맛있게 쓴다. 그런데 처음 시를 쓸 때만 해도 시집을 낸다는 생각보다는 '내가 시를 쓸 수 있을까?' 하는 두려움이 앞섰던 게 사실이다. 그 두려움은 여러 편의 시를 이어 적으면서 극복되었고, 적은 시가 모여 이처럼 멋진 시집으로 발간되었다.

시인은 일상에서 느낀 감동뿐만 아니라 어린 시절 고향에서의 아름다운 기억을 글로 적고, 이 글들은 또 다른 감동을 주는 시가 되었다. 그래서일까? 시인의 시를 읽는 내내 참 따뜻한 사랑을 느꼈고, 또 시인이 경험한 다양한 시상(詩想)들은 독자인 나에게 새로운 경험을 할 수 있게 이끌었다.

박정순 시인은 시인이기 전에 여행가이고 교육가다. 시를 쓰는 동안 시베리아를 여행하면서 느낀 감동을 사진으로

담아 책을 발간했고, 또 오랫동안 유치원을 경영하면서
많은 활동을 해 왔다. 이러한 경험은 시인의 시를 더 힘있
게 만들었다. 더불어 시에 담긴 다양한 시상은 시 쓰기를
주저하는 분들에게 좋은 선물이 될 것으로 기대한다.

처음 시를 쓰면서 만났던 막막함을 지우고 멋진 시집을
발간한 박정순 시인에게 다시 한번 축하드리며, 이 시집
을 발간할 수 있도록 용기와 격려를 보내 준 가족과 지인
들에게 진심으로 감사드린다. 그리고 시인이 감성시인으
로 왕성한 활동을 할 수 있도록 늘 곁에서 함께할 것을
약속드린다.

윤보영감성시학교가 있는 이야기터휴에서
커피시인 윤보영

시집을 내며_

부끄럽다.

부족한 글들을 세상에 내어놓으려니 부끄러워서 시집 발간을 주저했었다. 하지만 다시 생각하니, 내가 적은 시는 나의 것이고 그 시 속의 주인공은 나였다. 그래서 용기를 냈다.

어린 시절 동시를 쓰기도 했고, 좋은 시를 만나면 지나치지 않고 옮겨 적기도 했다. 그러다 보니 시가 그냥 좋았다. 낭송도 하고, 일상 속에서 느낀 대로 늘 메모를 해 오던 중 윤보영 시인님을 만나 감성시 공부를 시작했다.

수첩과 휴대폰에 메모해 둔 글을 정리해 보니 꽤 많은 시가 모였다. 그 시들을 정리해서 첫 시집을 내놓는다. 누군가 이 시들을 읽고 작은 위안이 되었으면 하는 바람을 가져 본다.

나는
꿈이 많다.
늘 꿈을 꾼다.
하고 싶은 것도 많고
해 보고 싶은 것도 많다.
시도 때도 없이 꿈을 꾸는 나는
때로는 행복하고
때로는 힘겹고
늘 소소한 꿈을 꾸는 것은 아니지만
늘 세상의 모든 것들에 대한
꿈을 꾸려고 한다.
이 시들 또한 나의 꿈이고
그 꿈을 춤추게 하고 싶다.
이것이 나의 명함이고 자랑이다.

시인 박정순

차례_

추천의 글 · 4

시집을 내며 · 6

제1부 봄, 내 안의 그대처럼

꽃길 · 14

글쎄 봄이 · 15

봄 · 16

꽃을 심는 남자 · 17

씀바귀 · 18

망초꽃 그대 · 19

지금 사랑하는 이유 · 20

내 안의 그대처럼 · 21

고백 연습 · 22

고백 · 24

안심이다 · 25

바보 · 26

4월 · 28

그림 속에 · 29

빈 의자 · 30

그 섬 · 32

봄길 · 33

보고 싶다 1 · 34

보고 싶다 2 · 35

왜일까? · 36

그대가 있어 · 37

어떤 날 · 38

제라늄 · 40

제2부 별처럼 쏟아지던 감꽃

들판에서 · 42

연등 · 43

사랑 · 44

찔레꽃 앞에서 · 45

감나무와 봄 · 46

감꽃 추억 · 48

감꼭지 · 49

장대비 · 50

강가에서 · 51

꽃과 그대 · 52

희망 · 53

덩굴장미 · 54

채송화꽃 · 55

일상 탈출 · 56

시계 · 57

선물 · 58

사랑꾼 · 59

풍경 소리 · 60

와인 · 62

시절 인연 · 63

김밥 이야기 · 64

보고 싶은 마음 · 66

그대 사랑으로 · 68

제3부 그리움을 던져 보세요

어머니 · 70

식탁 · 71

엄마 생각 · 72

은사님 · 74

그리운 선생님 · 76

아이야 · 77

아들아 · 78

나무처럼 · 79

우산 속 · 80

요행 · 82

외로운 소리 · 84

아침 창가에서 · 85

파전 · 86

너무 그리워서 · 87

겨울 앞에서 · 88

따뜻한 바람 · 89

세탁기 · 90

유치원 선생님 · 91

파도야 · 92

갯바위 · 94

낙산사 앞바다 · 95

포로 · 96

제4부 가을에는 시인을 사랑하고

총각네 커피 1 · 98

총각네 커피 2 · 99

똑같다 · 100

사랑하니까 · 101

사랑과 중독 · 102

기도 · 103

하늘 · 104

얼굴 · 105

가을에는 시인 · 106

구절초 사랑 · 107

코스모스 · 108

편지 · 109

텃밭 · 110

상주 메타세쿼이아 숲길 · 111

행복 · 112

풍경 · 113

건망증 · 114

청계산 1 · 116

청계산 2 · 117

주차장에서 · 118

송편 · 119

옥수수 · 120

감자 · 121

제5부 그럴 줄 알았습니다

기다림과 여행 · 123

기차 오는 소리 · 124

시베리아 자작나무숲 · 125

바이칼호수 · 126

시베리아 횡단길 · 128

너여서 예쁘다 · 130

질문 · 131

청평호수 길 · 132

자작나무와 이유 · 134

자작나무 숲길 · 135

책꽂이 · 136

신발 · 137

가을 · 138

맛집 · 139

산길에서 · 140

단풍 · 141

사진을 찍고 보니 · 142

단풍잎 편지 · 143

만추 · 144

이유 · 145

강심장 · 146

눈 · 147

내 당신 · 148

그럴 줄 알았습니다 · 150

입동 · 152

제1부

봄, 내 안의 그대처럼

꽃길 · 글쎄 봄이 · 봄 · 꽃을 심는 남자 · 씀바귀

망초꽃 그대 · 지금 사랑하는 이유 · 내 안의 그대처럼

고백 연습 · 고백 · 안심이다 · 바보 · 4월 · 그림 속에

빈 의자 · 그 섬 · 봄길 · 보고 싶다 1 · 보고 싶다 2

왜일까? · 그대가 있어 · 어떤 날 · 제라늄

꽃길

꽃길을 걷게 해 주겠다던 그대
약속대로 꽃길을 걷고 있어요
향기로운 꽃길

예쁜 옷을 입을 걸 그랬어요
이렇게 아름다운 길인데
그냥 무심히 나와 부끄럽네요

아, 참!
그래요
제가 꽃이라 하셨으니
무슨 옷을 입은들
상관없겠군요

걱정을 지우니
어느새 꽃이 되었네요.

글쎄 봄이

가슴을
열었습니다

내 앞으로
걸어온 봄이
가슴에
사랑으로 담긴 그 사람
마중 나왔다 해서
그리움까지 열었습니다.

봄

상을 차린다
양념간장에
대파와 청양고추를
송송!

깨소금과
참기름 살짝 넣고
맛을 본다
싱겁다

그래,
따뜻한 봄이라도
그대 생각이 있어야
제맛이지.

꽃을 심는 남자

꽃밭을 만든다고
연일 삽 들고
괭이 들고
농부 흉내 내는
그 남자!

드러나지 않게
좋아한
내 마음도
꽃으로 심었을까?

씀바귀

햇살 좋은 언덕배기
작은 씀바귀꽃
무더기로 피어
내 눈길을 잡네요

노랑, 하양 꽃들이
나를 유혹하네요

이미 내 안에는
당신이 있지만
그래도, 오늘은 그냥
꽃 무더기 앞에
아닌 척 발길 멈췄다 가도
당신 봐줄 거지요?

망초꽃 그대

천 송이
만 송이로 핀 망초꽃

나를 불러
앞에 세우고
빛이 나게 만드는 꽃!

어스름한 들판에 서서
한아름 꽃을 안고 뒹군다

설레는 미소가
나를 데리고
예쁜 마음속으로 들어선다
성공이다.

지금 사랑하는 이유

사랑은
매일 해도 모자라

사랑은 매일
이랬다저랬다
변덕쟁이

그래서 사랑하고
이래서
사랑을 받아들이고.

내 안의 그대처럼

갈라진
계단 사이에
작은 꽃이 피었네.

고백 연습

그대에게
아직 고백을 못했어요

핑계 아닌 핑계로
고백을 못했어요

하루에도 열두 번
그대를 생각하는데
이제 고백해야겠어요

그러니 제발
꿈속이라도 좋으니
달려와 주세요

가슴 가득 별을 담고
기다릴 테니
사랑한다고 말할 수 있게
달려와 주세요.

고백

나에게
장미꽃이라며
고백하는 당신!

내가
장미꽃인 걸 알았다니
받아준다.

안심이다

그대가 그리워
하늘을 보고 있다

그대 이름 지워지고
흐린 하늘만 보인다

그 하늘에
그대 얼굴 그리고
그대 이름까지 적었다

다시 지워지지 않게
액자 속에 넣어
내 안에 걸었다
안심이다.

바보

앗!
찾았다

아프도록 보고 싶은 날!
내 안에 그대가 있었다는 걸
왜 몰랐을까?

비가 오면 오는 대로
바람이 불면 부는 대로
그렇게 그리워했으면서

내 안에 누가 있을까?
늘 궁금했는데
아지랑이 같던 그리움
지우고서야 알았다

사랑
더 할 수 있게 알았다.

4월

4월아!
어쩜 이리 곱니?

이름도 고운데
향기까지
너는 참 좋겠다

나도 너처럼
내 안에
좋아하는 사람 향기
가득 담고 싶다

4월아!
나도 너처럼
그대에게 선물이 되고 싶은
내 멋진 4월아!

그림 속에

초록 6월이
거실 큰 액자 속에
표정도 없이 담겨 있다

저 속에
그대 모습 그려 넣고
내 가슴에 옮겨 달면
웃는 그림이 되겠지

그림은 핑계
그대 모습 보기 위해
시도 때도 없이 바라보겠지.

빈 의자

나무 그늘에
그대 쉬어가게
빈 의자 놓았는데
그대는 안 보이고
늘 빈 의자만 있네요

기다림으로 닦아
반질반질해진 의자
그대 올 때까지
잘 닦겠습니다

아,
그러면 되겠군요

빈 의자에
그대 이름표를 붙여
그대가 쉽게 볼 수 있게
그리움 속으로 옮겨 놓으면.

그 섬

그 섬에
내가 살고
내 안에 그대가 산다

서로 그리운
우리는

가슴에
그 섬을 담고
그리워하며 산다.

봄길

봄이 길을 낸다
연초록길, 분홍길, 노란길
부드럽고
따뜻하고
촉촉한 길!

그 길 따라
그대가 온다

봄을 두고
우리 둘만 걷자며
내 안에
봄길을 내며 온다

올해 봄
꽃, 많이 피겠다.

보고 싶다 1

미치도록 보고 싶다
그리움이 산처럼 쌓여

터질 것 같은
지금, 이 순간

이 마음
알지도 못하면서
자꾸 그립게 만들면
어쩌자는 건지…

대책도 없고
해결책도 없으면서.

보고 싶다 2

파도는
깊이를 가늠할 수도 없어
서로 부딪치며 웅웅거린다

그대가 보고 싶은
내 마음도
소리만 안 들릴 뿐
웅웅거리고 있을지 몰라

파도는
바다가 그립고
나는
그대가 그립고.

왜일까?

그대가 곁에 있어도
그대가 그리운 건
왜일까?

한세월
살아도
아직 답을 찾지 못했다.

그대가 있어

날마다
안부 전해 주는
그대가 있어 행복합니다

날마다
상쾌한 아침을 열어 주는
그대가 있어 행복합니다

날마다
날마다
내 마음에 들어와
날 설레게 하는 당신!

내 안에 집을 짓고
머무는 당신
당신이 있어 행복합니다.

어떤 날

어떤 날은 행복하고
어떤 날은 감사하고

또 어떤 날은 미소 짓고
더러는 외롭고

다시 어떤 날은 슬프고
어떤 날은 그립고

또 어떤 날은 수만 가지 마음이
내 안에서 요동을 치고

하지만
그대 보고 싶은 마음은
어떤 날을 지워도
모두 보고 싶게 한다

책임도 못 지면서
책임도 안 지면서.

제라늄

그대 생각이 떠나질 않네요
화려하게 우아하게
늘 미소 짓는 당신!

붉은 가슴으로 왔다가
고운 눈빛으로 담기면서
오래도록 내게
사랑으로 머무는 당신!

그런 당신을
첫사랑 그대처럼
제가 사랑하고 말았습니다.

제2부

별처럼 쏟아지던 감꽃

들판에서 · 연등 · 사랑 · 찔레꽃 앞에서

감나무와 봄 · 감꽃 추억 · 감꼭지 · 장대비

강가에서 · 꽃과 그대 · 희망 · 덩굴장미

채송화꽃 · 일상 탈출 · 시계 · 선물 · 사랑꾼

풍경 소리 · 와인 · 시절 인연 · 김밥 이야기

보고 싶은 마음 · 그대 사랑으로

들판에서

초록 들판에
그대 이름 적었더니
예쁜 꽃으로 대답한다

그러다
그러다
내 손잡고
들판을 걷자 한다

사랑의 힘
참 대단하다.

연등

부처님 오신 날!
그대를 위해
등을 달았습니다

미안한 마음
고마운 마음
사랑하는 마음 담아 달았습니다

등을 달고
돌아오는 길
내 안이 밝습니다

그대도 내 안에
나를 위해
등을 달았나 봅니다.

사랑

바람에게
구름에게
날리는 꽃잎에게
전해 들었답니다
사랑한다고

그래서 오늘같이
그대가 그리운 날은
커피를 마십니다

바람과 구름에
커피 향을 담아
나도 사랑한다고
보고 싶은 마음 전하기 위해.

찔레꽃 앞에서

식탁에
찔레꽃을 꽂으시며
"어미야! 나는
찔레꽃이 제일 좋아!"

생전에 할아버지가
좋아하셨던 꽃이라며
꽃을 어루만지시는 어머니!

오늘은
할아버지가 많이도
그리우신가 봅니다

"어머니!
저도 어머니처럼
찔레꽃이 제일 좋아요!"

감나무와 봄

늦은 겨울
앙상한 감나무 가지에는
감꼭지만 있는 것이 아니었다

살가운 햇빛이 있고
자그마한 바람도 있다

그 빛을 통해
앙상하게 머물렀던
안타까움이 보이고

싱그러운 물이 흐르고
햇살 받은 가지에
싱싱함이 담겨 있다

내 가슴에
그대가 담겨 있듯
감나무 가지가
봄을 담고 있음을
알 수가 있다.

감꽃 추억

우리 집 마당에
별들이 쏟아진 것처럼
우수수
감꽃이 떨어지면

꽃잎 하나 주워
반지 만들고
다시 감꽃 주워
목걸이를 만들고

반지는
내가 끼고
목걸이는
내 안의 그대에게 보냅니다.

감꼭지

창문 넘어 앙상한 감나무
지난가을 붉은 감이
홍시로 떠난 자리
감꼭지만 가지를 붙잡고 놓지 않는다

어떤 어려움이 있어도
그대 향한 사랑
놓지 않겠다는 듯
세찬 바람에도 굳건히 잡고 있다

내 안에도 감꼭지가 있다
한세월 지나도
내 가슴에 달려
떨어지지 않는 그대!

지금 내 곁에 사는
첫사랑 같은 당신!

장대비

장대비로
훅
내 안에 들어온 당신!

그리움을 쏟아놓고
날 꼼짝 못하게
만들다니요

당신
참
센스쟁이!

강가에서

가끔은
잘 있나요?
잘 지내지요?
안부를 묻고 싶은 사람

나
잘 지내고 있어요
가끔은
그리운 안부를
전하고 싶은 사람

내 안에
그 사람이 있다
그리움으로 있다.

꽃과 그대

화단에 꽃을 심었다
데모루, 라넌큘러스
그대를 닮은 꽃들!

꽃길 따라
빨리 오라고 심었다

아~
언제 왔지?
꽃 속에서 웃고 있는 그대!

꽃만 심은 것이 아니었다
그대 생각도 함께 심었다.

희망

꽃이 피어 봄이래요
무성해서 여름이래요
알록달록 아름다워 가을이래요
펑펑 눈이 오면 겨울이라네요

내 안은 늘
꽃 가득 핀 봄인데
그럼, 달콤한 내 사랑도
이 봄 어딘가에 있겠네요?

겨울도 지났으니
꽃을 불러놓고
꽃을 좋아하던 그대를
찾아야겠네요?

덩굴장미

담장에 모여 핀 장미
그대가 보낸 걸까?

한 송이 보내기
부끄러워
한 다발 보낸 걸까?

채송화꽃

나는 채송화꽃을 보며
이쁘다 미소 짓고

채송화꽃은 나를 향해
멋있다 미소 짓고

그래요,
저 채송화꽃이 그대라면
화단째 내 안에 담고
집으로 가겠다고 했을지 몰라요.

일상 탈출

이른 새벽
우르르 쾅쾅
장대비 쏟아지더니
그리움이 시끌벅적!

아~
그리움 속으로
탈출하고 싶은 마음
그대에게 어떻게 전할까요.

시계

시간을 보려고
손목시계를 보는데
시계 속에서 웃고 있는 그대

언제나
나만 보면
환하게 웃는 그대

그때부터
일도 못하게
자꾸 시계를 보고 있지만
이 습관!
싫지 않다.

선물

세찬 비바람 앞에서
그립기만 한 그대!

그대는
선물입니다

그 선물
한세월 지나도
변하지 않도록
그리움 속에 조각했습니다.

사랑꾼

자작나무 잎들이
세찬 바람에 춤을 추네요

케이팝 소년들을 닮은 듯
상상할 수 없는 몸짓에
그저 감탄만 하고 있답니다

그대는 내게
이런 감동을 주는
사랑꾼입니다

그래서
밉지 않고
오히려 더
좋아하게 되었습니다.

풍경 소리

이유 없이
처마 끝 풍경 울리면
현관문 열어 주세요

안으로 들어가
거실을 돌아
그대 곁에 앉으면
저를 따라 앉아 주세요

한참을 묵언하다
함께 일어나
따뜻한 차 한잔 같이 마셔요

요란했던 풍경 소리
고요해져 평정을 찾으면
다시 온다는 말
남겨 두고 떠났다는 걸
그대여
알아 주오.

와인

그대 생각 담아
와인 한 모금
입에 물고
자근자근 깨물었더니
허허로운 마음이 따뜻해진다

세상에
세상에
마시는 와인에도
그대 생각이 담겨야 한다니.

시절 인연

무리 지어 핀
아름다운 들녘
누가 만들어 놓았을까?

눈으로도
이리 아름다운데
향기로운 냄새까지

코끝을 간지럽히는
시절 인연이
참으로 곱다.

김밥 이야기

"할매, 김밥 싸 주세요
단무지, 맛살 넣고 싸 주세요."

"그려, 시금치도 넣고
계란 지단도 넣을 테니
맛있게 먹어라."

"할머니도 한 줄 잡수세요."

"요래 맛있는 거
맨날 싸 묵자."

손자들이
꿈속까지 달려와
김밥을 싸 달라 한다

김밥에
사랑하는 마음 넣기 전략
통했다!

보고 싶은 마음

그대가 보고 싶은 날은
추운 강바람에도
그대가 보인다

출렁이는 물결 속에도
그대가 보여
눈시울이 뜨거워진다

내리쬐는 햇빛에
실눈 뜨고 보는 순간도
그대가 보여 눈을 감아야 한다

이리도 보고 싶은데
그대는 왜
모르는 걸까?

아니면
알면서도
모르는 척하는 걸까?

그대 사랑으로

숲속 곳곳에 수국을 심어
아름드리로 설레게 하는 그대!

발길 머문 자리에서
수국을 핑계 대고
사랑놀이나 할까?

좋아요
좋아요
내 안에서
수국이
박수를 친다.

제3부

그리움을 던져 보세요

어머니 · 식탁 · 엄마 생각 · 은사님 · 그리운 선생님

아이야 · 아들아 · 나무처럼 · 우산 속 · 요행

외로운 소리 · 아침 창가에서 · 파전 · 너무 그리워서

겨울 앞에서 · 따뜻한 바람 · 세탁기 · 유치원 선생님

파도야 · 갯바위 · 낙산사 앞바다 · 포로

어머니

세상에서 제일 예쁜 이름은
어머니입니다

세상에서 제일 아름다운 이름도
역시 어머니입니다

어머니
어머니
아무리 불러도 질리지 않는 이름!

부를수록 더
행복해지는 이름
앞으로 나에게도 붙을
그리운 이름
어머니!

식탁

아침 식탁에 놓여 있는
간장 종지에서
봄 냄새가 난다

갓 지은 밥에
간장을 넣고 비비는데
불쑥 어머니가 보고 싶다

밥을 먹으면서도
당신을 생각하게 만드시는
아~
어머니
나의 어머니!

엄마 생각

백중날이라며
쌀 두어 됫박 자루에 담아
집을 나서시던 엄마

신작로를 지나
산길 따라 오르고 올라서
법당에 도착하면

온몸 조아리고
자식들 앞길 돌봐 달라며
정성 들이시던 당신!

고생스럽다
가지 말라 말리시는 아버지 말씀에
이게 무슨 고생이냐며
웃음으로 답하셨지요

'엄마는 그런가 보다
자식들을 위한 길은
고생도 고생이 아닌가 보다'
그렇게 생각했었지요

어쩌면 지금도 부처님 곁에서
자식들 위해 기도하고 계실 엄마
백중날 오늘은
당신 생각이 더 간절합니다

엄마!
기도 덕분에
저 이렇게
잘 살고 있어요.

은사님

명주 적삼 곱게 입고
중절모로 한껏 멋을 내신
나의 은사님!

꿈 많은
그 긴 세월을 담고
홀연히 지켜 오신 훈향(薰香)에
제자 됨이 부끄럽기만 합니다

팔순의 은사님과 예순의 제자가
추억 속에 사랑방을 차려놓고
청년과 소녀로
이야기꽃을 피웁니다

"그땐 그랬지.
그저 미안하네, 고맙고!"
은사님의 어진 말씀에
저절로 고개를 숙입니다

고맙습니다!
감사합니다!

그리운 선생님

교실 풍경이 그려진다
높아만 보였던 선생님!

말씀과 행동에
내 마음이 따라다녔던
요술 같은 선생님

감추고 다녀서 몰랐겠지만
그 마음 알면 더 좋았을
선생님!

어디선가
잘 살고 계실까?

아이야

아이야,
고운 아이야!

네 웃음소리에
온 세상이 따라 웃는다

네 고운 손에
모래알을 보물처럼 쥐고
세상을 다 가진 것처럼
웃는 아이야!

모래알처럼
내 사랑도 꼭 쥐어 주렴

아이야,
사랑하는 우리 아이야!

아들아

아들아!
네 발길 닫는 곳마다
희망의 빛이 내려 주기를

네 손길 가는 곳마다
따뜻함이 전해지기를

그래서 언제나
귀한 사람이 되기를

늘
그런 사람이기를
간절히 기도한다

아들아,
내 사랑하는 아들아!

나무처럼

잘 다듬어진 산길을
자박자박 걷고 있다

길섶에
짙푸른 여름 숲이
기다리고 있었다

그 숲
내 안에 있다

나는
그대 생각을
나무처럼 담고
웃는 모습으로 서 있다.

우산 속

학교 앞
엄마와 아들이
우산을 받쳐들고
내 앞으로 걸어오네요

그 모습이
제 가슴으로 훅 들어와
가슴이 뜨거워집니다

그런 나를 보고
부럽냐며
그리움 속으로 뛰어드는 그대!

엄마와 아이가 지워진 자리
그대도 지워지고
비가 내립니다

혼자 맞는 비가
더 그립게 내립니다.

요행

아들이 수능 보는 날
새벽 4시에 잠이 깼다

단정히 앉아 기도한다
아들 마음
밝게 총명하게 해 달라고

행운이 찾아들고
요행도 찾아들고
신령한 그분도 오셔서
총기를 넣어 달라고

기운 나라 박카스
딱 붙어 찹쌀떡
목마르지 말라고 포카리스웨트

정성 담긴
엄마 사랑
도시락을 싸서 보냈다

"아들 힘내!"

외로운 소리

떼를 지어 우는
저 매미들처럼

그대도
내 마음에 들고 싶어
저리 애를 쓴다면

빗장 열고
달려나가
안아 줄 텐데.

아침 창가에서

똑똑
누군가 창문을 두드립니다

귀찮아
다시 눈을 감았습니다

계속 똑똑 두드립니다
"누구세요?"
말하려다 깜짝 놀랐습니다

늘 그리운 그대가
창밖에 있어서.

파전

비가 온다고 했는데
그대도 함께 온다고 하면
안 될까?

그대 좋아하는
파전도 준비할 텐데.

너무 그리워서

그대 그리워
눈을 감았다

눈을 뜨면
그대 모습 지워질까
눈을 꼭 감았다

이제
어떻게 하면 되나요?

겨울 앞에서

겨울 앞에서
아직은 봄처럼
내 안에 꽃을 피우고

꿋꿋하게 버티는 건
언젠가 만나게 될
그대 때문이란 사실을
몰라도 됩니다

그냥 언젠가
오시기만 하면 됩니다.

따뜻한 바람

보고 싶다
그리운 사람

잠들지 못하는
이 깊은 밤

그대 불러
밤새 노닐고 싶은 마음
그리움 속에 넘친다

하지만
다행이다

곧 꿈속에서 만나라며
가슴에서
따뜻한 바람이 불어와서.

세탁기

마음에 들었다 안 들었다
그대 향해 변덕 부리는 마음
세탁기에 넣고 돌릴까?

아니
돌려도
돌려도
그대 생각밖에
안 남을 텐데
시간 낭비!

유치원 선생님

"떤땡니임, 따랑해요!"
몇십 년이 지나도
되풀이 듣는
사랑스러운 인사말
나를 웃게 하는 말

"얘들아,
나도
하늘만큼
별만큼 따랑해!"

파도야

파도야 파도야
그렇게 큰 물살로
몸부림치며 상처를 내면
어떻게 하니

그대 향한 사랑이
그렇게도 아팠니?

몸부림치지 않으면
안 되도록
그렇게 그리웠니?

네 몸이 부서져
산산이 흩어지도록
사랑했었니?

아파하는 네 모습에
눈물이 바다를 이룬다

주저앉아
내가 바다인지
네가 바다인지
통곡하는 바다야
내 안의
바다야.

갯바위

파도가
갯바위를 때리지 않고
내 그리움을 때리고 있으니
말도 못하고
아파만 할 수밖에.

낙산사 앞바다

바다 위로
그리움으로 토해 낸
하얀 잔해들

기어이
내 가슴에 담긴다
그리움을 덮는다

파도치는 그리움!
부처님 앞에서
잔잔해지고
다시 웃는 얼굴을 내민다.

포로

설레며 살고 싶어
그대를 내 가슴에
영원히 감금했다.

제4부

가을에는 시인을 사랑하고

총각네 커피 1 · 총각네 커피 2 · 똑같다 · 사랑하니까

사랑과 중독 · 기도 · 하늘 · 얼굴 · 가을에는 시인

구절초 사랑 · 코스모스 · 편지 · 텃밭

상주 메타세쿼이아 숲길 · 행복 · 풍경 · 건망증

청계산 1 · 청계산 2 · 주차장에서

송편 · 옥수수 · 감자

총각네 커피 1

집 앞 '총각네 커피'는
세상에서 제일 맛있는 커피

점심시간이면
어김없이 찾아가게 만드는 커피

값싸고
맛 좋고
향까지 좋아
마시다 보면,
저절로
그대를 생각나게 하는
신기한 총각네 커피!

총각네 커피 2

총각네 카페를
자주 찾는다고
내가 좋아한다 생각하면
어쩌지?

내 안에는
일편단심!
커피보다 부드러운
그대가 있는데.

똑같다

슈퍼마켓에서 산 커피믹스나
카페에서 산 아메리카노나
커피잔 속에 담긴
그대 생각은 똑같다

그러니
둘 다
달콤할 수밖에.

사랑하니까

비가 온다
서둘러 퇴근하고 있다
오다 보니 괜히 화가 난다

비가 내려
차가 막히는데
왜, 이럴 때
당신 생각까지 나는 거야?

사랑과 중독

커피 마시듯
그대 생각하면
사랑!

그대 생각하듯
커피를 마시면
중독!

기도

장마가
너무 길어
기도합니다

비에 담겨 온 그리움이
내 안에 가득합니다

그러니
이제 그리움이
넘치지 않게 기도합니다.

하늘

가을 하늘을
한 단어로 말하면?
네 얼굴!

얼굴

가을 하늘을
다른 말로
다시 말하면
네 얼굴!

날 좋아하던
그리움 속
그 얼굴!

가을에는 시인

가을에는
시인을 만나고 싶다
시를 아름답게 읊어 주는 시인

내 마음에
귀 기울여 주고
사랑한다고 고백하고

아~
가을에는
시인과 사랑에 빠지고 싶다

내가
나에게 말해 놓고
눈물이 나는 이유
뭘까?

구절초 사랑

구절초처럼
다가와
나를 안고
사랑한다고
고백하는데
안 받아줄 사람
있나요?

코스모스

가을바람에
코스모스가
춤을 춘다

그래,
사랑은 그렇게 하는 거야

좋으면 좋다고
말하는 게 맞아

코스모스에게
사랑!
한 수 배웠다.

편지

가을!
오늘은
사랑한다고
편지를 쓰고 싶다

수신인에
내 이름을 적고
우리 집 주소를 적고.

텃밭

텃밭에
무가 성성하다

눈곱만한 씨앗이
8월 어느 날
땅속으로 들어가
싹을 틔우더니
무로 자랐다

그런데
그리움 속에 심은
그대 생각은
왜,
아직 소식이 없지?

상주 메타세쿼이아 숲길

메타세쿼이아 숲길은
전국 어디에나 있지만
'상주 메타세쿼이아' 숲길은
황홀 그 자체입니다

황금 들판과
붉은 감들이 어우러져
눈길을 사로잡는 길!

고향에 갔다가
그 길을
가슴에 담아 왔습니다

함께 걷던 친구들이
따라 들어왔습니다.

행복

그대가 온다기에
그 말이 끝나기 무섭게
기다려진다

서울의 중심은
남산이듯
지금부터
내 중심은
모두가 그대.

풍경

초록빛 따사로운 햇살
눈이 부셔
실눈 뜨고
하늘을 본다

아,
저기도
그대 얼굴!

너무 그리워
숨이 막힌다.

건망증

기억하는 뇌가
얼굴보다
노화가 더 빠른가 보다

생각이
하나하나 지워진다

조금 전의 일
어제의 일이
선뜻 생각나질 않는다

말을 하다가도
그 말의 중심을
잊어버리기도 하고

지인들 이름
물건 이름이
생각날 듯 말 듯

그래도
그대 생각은
지워지지 않아
참 다행이다.

청계산 1

청계산 망경봉을 바라보며
대공원 둘레길을 걷는다

한 발 한 발 내디딘 걸음
천 보 만 보 되어
세월을 만든다

산을 올려다보며
두 팔 벌려
망경봉을 안으려는데
슬며시 물러나는 산

그 자리에
그대가 들어와
가슴에 안긴다
사랑한다며 안긴다.

청계산 2

청계산 자락
오솔길 따라 올라간다

약수터에서
목을 축이고
낙엽을 밟으며 걷는다

함께 걸으면
더 좋을 길!
여기서도
그대 생각이 났다

그리움 속에서
나,
참 열심히 산다.

주차장에서

퇴근 후
집 앞 주차장에서
그대에게 메시지를 보낸다

주차장에
주차할 생각은 없고
그대 생각만 가득하니
난 어쩌면 좋지?

송편

추석을 앞두고
송편을 빚는데
만두 모양이 되었네

그래도
괜찮아

만든 송편이
그대 생각이라 여기면
송편이,
잘생긴 보름달로
보일 텐데 뭘.

옥수수

원주에서
옥수수가 왔어요

옥수수만 보내지
달콤한 마음까지 보내다니

그러니, 옥수수
그대 사랑 감당하기가 어렵네요

당신
이런 나,
책임지세요
평생!

감자

똑똑
감자가 잘 자라고 있나요

캄캄한 땅속에서
몇 밤을 더 자면
웃으며, 인사를
할 수 있을 것 같아요

여기는 감자네 집이라고
이름표도 붙여 놓은걸요

감자를 핑계로
그대 소식
손꼽아 기다립니다.

제5부

그럴 줄 알았습니다

기다림과 여행 · 기차 오는 소리 · 시베리아 자작나무숲

바이칼호수 · 시베리아 횡단길 · 너여서 예쁘다

질문 · 청평호수 길 · 자작나무와 이유 · 자작나무 숲길

책꽂이 · 신발 · 가을 · 맛집 · 산길에서 · 단풍

사진을 찍고 보니 · 단풍잎 편지 · 만추 · 이유

강심장 · 눈 · 내 당신 · 그럴 줄 알았습니다 · 입동

기다림과 여행

잠들지 못하는 밤
목적지 없는 여행을 하고 있다
이리 가고
저리 가고

가다가 미운 사람 만나면
얼굴 찌푸리고
좋은 사람 만나면
미소 짓고

밤마다 목적 없는 여행으로
지치기 전에
그대 내게 와 주오

목적지를 정하고
함께 여행 떠날 수 있게.

기차 오는 소리

시베리아 횡단길!
하늘과 땅이 맞닿아
지평선을 만들었다

그래,
이 길 따라
끝없이 달려가면
그대를 만날 수 있을 거야

그럴 거라며
내 안에서
기차 오는 소리가 들린다.

시베리아 자작나무숲

자를 대고
선을 긋듯
일렬로 서서
자태를 뽐내는 자작나무

내 눈길을 끌고
발길까지 잡는다
유혹이다!

아~
주인 있는 몸!

이러다 정말
자작나무
당신에게 넘어가면
날 책임질 수 있나요?

바이칼호수

시베리아 여행길에
바이칼호가 유혹한다

초록빛으로
먼저 미소를 보내고
황금빛으로 잡아끄는 호수!

나무 사이로
웃음까지 보낸다

눈이 시리도록 아름다운데
주저할 이유가 없다

그대에게
미안해도
어쩔 수 없어

호수에 담긴다
애인을 얼듯
저절로 감탄이 나온다.

시베리아 횡단길

한 많은 시베리아 횡단길
멀리 하늘과 맞닿은 땅이
과거 이곳으로 이주했던 선조들의
아픈 기억을 펼친다

영문도 모르고
목적지도 모른 채
나라 잃은 서러움에
눈물 흘리며 달렸을 길!

아~
가도 가도 끝이 없다
아픔의 끝은 어디였을까?

그 아픔
반만년 이어 온 선조들의 혼으로
굳건하게 극복하고
그 정신 자작나무에 담아
후손들을 반긴다

선조들 아픔을 나누기 위해
잠시 자작나무가 된다.

너여서 예쁘다

가을은
예쁘다
너라고 생각하니
그냥 예쁘다

아니,
너여서 더 예쁘다.

질문

열어 둔 마음 사이로
가을바람이 들어오네요

가슴이
두근두근

혹시
그대!
함께 오셨나요?

청평호수 길

물안개 가득한
청평호수 길
갑자기 외로움이 찾아든다

어쩌면
많은 연인이
사랑을 나누며
오고 갔을 길!

길가
카페 이름이
눈길을 잡는다

갑자기 분위기에 이끌려
내 안의 그대를 찾는다

아직은
아득하게 멀리 있어
이름만 부른다.

자작나무와 이유

너도 없는
저곳에
나 혼자 서 있다

다시 보니
내 안이었다

자작나무 숲길로
함께 걷고 싶은
그 생각하다가.

자작나무 숲길

앞뒤로
양옆으로
줄지어 서 있는 자작나무
모두 황금색이다

하얀 자작나무가
한결같이 변한 이유
무엇일까?

혹시
자작나무도
사랑 중?

책꽂이

책꽂이에 꽂기만 했지
책을 읽지 못했네

그러다
꽂힌 책을 읽었네
그대 생각이었네

가까이 있는지도 모르고
기다리기만 해서
미안했네

그제야 웃는
내 안의 책꽂이
나도 책꽂이에
꽂히라 하네.

신발

신발 두 켤레를 샀다
하얀과 검정
둘 다 예쁘다

하얀 신은
내가 신고

그럼
김정은?

글쎄
기다림?

가을

벼가 익고
감이 익고
사과가 익고
황금빛 들판이 익고

하지만
가을 앞
그대 생각은
아직이다
아직.

맛집

맛집을 찾는다

무얼 먹을까?
때마다
고민이다

어디
없을까?

그대 생각처럼
무슨 메뉴든
다 최고인 음식!

산길에서

길을 가다
아름다운
단풍잎 하나 주워 들고
두리번거린다

나도
단풍이 되어
그대 눈에 띄고 싶어서.

단풍

단풍잎 하나
주워 들고
"예쁘다!" 했더니
글쎄 단풍이
"그대
가슴에 담긴 사랑
반도 안 됩니다" 하네.

사진을 찍고 보니

단풍잎이 예뻐서
사진을 찍었습니다

찍고 보니
단풍은 없고
그대 웃는 얼굴만 있습니다

단풍을 찍는다는 게
그리움을 찍었나 봅니다

아니면
처음부터 단풍잎을
그대 얼굴이라 생각했던가.

단풍잎 편지

빨간 단풍잎 하나 주워
편지를 적는다
그대가 많이도 그립다고

답장은
안 보내도 된다고

혹, 바람 따라
지나다가
들러 달라고.

만추

늦은 가을
붉게 물든 단풍을 보면
행복해집니다

해마다
예쁜 단풍 사진을 찍습니다

찍을 때마다
내 안에 그대가 담겨서
보고 싶어
고생은 하지만.

이유

낙엽이 떨어져 뒹군다
만추란다

가슴이 시리고
눈물이 난다

모두
책임도 안 지면서
불쑥 생각나게 하는
그대 때문.

강심장

단풍잎 앞에서
그만
강심장인 제가
넘어가고 말았습니다

"나야, 나!"
그 말에
그대가 오신 줄 알고
그리움을 열었다가
감당을 못해 그만….

눈

그대 생각 꺼냈다고
창밖에 눈이
사랑스럽게 내리네요

달려나가
두 팔 벌려 안고
왈츠라도 추고 싶은 마음!

당신은
콩깍지 씐 이 마음
아시나요?

내 당신

나에게
당신이 있어 좋다

가끔은 보는 곳이 달라
애태우기도 했지만
결국 도착할 점은 같은 곳!
그 길에 당신이 있어서 좋다

내 사랑
다 보여 줄 수 없어
안타까울 때도 있었지만
그 사람이 당신이어서 좋다

동산에 뜬 해가 당신이라 여겨졌고
서쪽에서 부는 바람조차
당신 손길이라 여겨져서 좋다

내 안에도
내 밖에도
그런 당신이 있어서 좋다.

그럴 줄 알았습니다

종일 비가 올 듯
찌푸린 얼굴을 하고 있던 날씨
눈이 펑펑 내립니다

아이들 소리가 요란합니다
밖으로 달려나간 아이들이
눈 사이로 뛰기 시작합니다
나도 따라서 뜁니다

뛰어가다 보니
땀이 비 오듯 합니다
꽁꽁 얼었던 날씨에
봄 마중을 한 것처럼

이제 커피 마시면서
가슴에 꽃을 피울
그대 생각이나
실컷 해야겠습니다.

입동

입동이 다가오는데
울타리 장미는
어쩌자고 저리 해맑게 웃고 있을까?

어쩌면 그대 오는 길
환한 미소로 맞이하려고
저리 밝게 웃는 걸까

그립다
내 안을 연다
이미 달려와서
장미꽃으로 피어 있는 그대!

입동이
아득하게 물러선다.